COLLECTION

DE FEU

M. PAUL VAN CUYCK

TABLEAUX

ANCIENS & MODERNES

OBJETS D'ART

ET DE CURIOSITÉ

VENTE

Les Mercredi 7, Jeudi 8, Vendredi 9 & Samedi 10 Février 1866.

EXPOSITIONS { PARTICULIÈRE : le Lundi 5 Février 1866 / PUBLIQUE : le Mardi 6 Février 1866 } De 1 à 5 heures.

Me EUGÈNE ESCRIBE, Commissaire-Priseur.

MM. FRANCIS PETIT & CHARLES MANNHEIM

EXPERTS.

RENOU & MAULDE

IMPRIMEURS DE LA COMPAGNIE DES COMMISSAIRES-PRISEURS

Rue de Rivoli, 144.

CATALOGUE

DES

TABLEAUX

ANCIENS ET MODERNES

ET DES

OBJETS D'ART

ET DE CURIOSITÉ

COMPOSANT LA COLLECTION

DE FEU

M. PAUL VAN CUYCK

DONT LA VENTE AURA LIEU PAR SUITE DE SON DÉCÈS

HOTEL DROUOT

SALLE N° 5

Les Mercredi 7, Jeudi 8, Vendredi 9 & Samedi 10 Février 1866

A DEUX HEURES

Par le ministère de **Me Eugène ESCRIBE**, Commissaire-Priseur,
rue Saint-Honoré, 217,
Assisté, pour les Tableaux, de M. **Francis PETIT**, Expert,
rue de Provence, 43,
Et pour les Objets d'Art, de M. **Charles MANNHEIM**, Expert,
rue de la Paix, 10.

EXPOSITIONS

Particulière : le Lundi 5 Février 1866 } de une heure à cinq heures.
Publique : le Mardi 6 Février 1866 }

PARIS — 1866

CONDITIONS DE LA VENTE

Elle sera faite au comptant.

Les Acquéreurs paieront CINQ POUR CENT en sus des adjudications.

CE CATALOGUE SE TROUVE :

A Paris.............	Chez MM.	EUGÈNE ESCRIBE, Commissaire-Priseur, rue St-Honoré, 217.
Id.	—	FRANCIS PETIT, Expert, rue de Provence, 43.
Id.	—	CHARLES MANNHEIM, Expert, rue de la Paix, 10.
Londres...........	—	COLNAGHI, Pall-Mall-East, 14.
Id.	—	John WEBB, Cork-Street-Burlington-Garden, 22.
Id.	—	N. DURLACHER, New-Bond-Street, 113.
Id.	—	ANNOOT, Old-Bond-Street, 16.
Id.	—	F. DAVIS, New-Bond-Street, 101.
Id.	—	GAMBART, Pall-Mall, 120.
Bruxelles.........	—	Étienne LEROY, place du G^d^-Sablon, 12.
Rotterdam........	—	LAMME, conservateur du Musée.
La Haye...........	—	Van GOGH, marchand d'Estampes.
Berlin.............	—	FIOCATI, Unter den Linden, 21.
Id.	—	LEPKÉ, Unter den Linden, 12.
Vienne...........	—	ARTARIA et Cie.
Id.	—	Maison GOUPIL, représent. M. KAESER.
Francfort-s.-Mein.	—	LŒWENSTEIN frères, ZEIL.
Id.	—	GOLDSCHMIDT, ZEIL, hôtel de Russie.
St-Pétersbourg...	—	NEGRI, père et fils.

ORDRE DES VACATIONS

LE MERCREDI 7 FÉVRIER 1866

Tableaux anciens & modernes	1 à 53

LE JEUDI 8 FÉVRIER 1866

Objets variés	1 à 14
Faïences de Perse	48 à 107
Id. id	144 à 148
Miniatures	153 à 165
Sculptures	213 à 219
Bronzes d'Art	220 à 232

LE VENDREDI 9 FÉVRIER 1866

Porcelaines de Sèvres & autres	15 à 29
Porcelaines de Chine et du Japon	30 à 45
Émaux de la Chine	46 à 47
Faïences de Perse	108 à 127
Id. id	149 à 150
Orfévrerie	166 à 212

LE SAMEDI 10 FÉVRIER 1866

Faïences de Perse	128 à 143
Id. id	151 à 152
Bronzes d'Ameublement	233 à 254
Meubles	255 à 288
Tapis & Tapisseries	289 à 295

TABLEAUX MODERNES

BONVIN

1 — Classe de petites filles présidée par une sœur.

H. 25 c. L. 32 c.

CALAME

2 — Montagnes du Schawtswald.

H. 52 c. L. 42 c.

CALAME

3 — Châlet au bord du lac de Brientz.

H. 21 c. L. 31 c.

CALAME

4 — Glacier près de la Haendeck.

H. 43 c. L. 48 c.

CHASSERIAU

5 — Cavaliers arabes emportant leurs morts après une affaire contre les spahis.

H. 32 c. L. 47 c.

DECAMPS

6 — Ruines en Italie.

H. 23 c. L. 28 c.

E. DELACROIX

7 — Tigre attaquant un serpent enroulé à un arbre.

H. 33 c. L. 41 c.

E. DELACROIX

8 — Tigre apercevant un serpent sortant d'un buisson.

H. 33 c. L. 41 c.

E. DELACROIX

9 — Chevaux en liberté.

H. 27 c. L. 32 c.

E. DELACROIX

10 — Femme sortant du bain, une suivante est près d'elle.

H. 30 c. L. 38 c.

E. DELACROIX

11 — Le Concert, d'après Le Giorgione.

Musée du Louvre.

H. 43 c. L. 33 c.

DIAZ

12 — Petites filles jouant avec des chiens.

H. 33 c. L. 25 c.

DIAZ

13 — Vieux cheval blanc au milieu d'un bois.

H. 30 c. L. 38 c.

J. DUPRÉ

14 — Cours d'eau ombragé par quelques grands arbres.

H. 34 c. L. 25 c.

FAUVELET

15 — Une Jeune femme pense au coin du feu!

H. 24 c. L. 18 c.

FROMENTIN

16 — Audience chez un kalifat dans le Sahara.

H. 58 c. L. 89 c.

FROMENTIN

17 — Tribu arabe partant pour une fantasia.

H. 25 c. L. 40 c.

GÉRICAULT

18 — Jockey montant un cheval de course.

H. 39 c. L. 46 c.

GÉRICAULT

19 — Amazone montée sur un cheval pie.

H. 44 c. L. 35 c.

GÉRICAULT

20 — Étude de chevaux.

H. 29 c. L. 35 c.

GÉRICAULT

21 — Saint Martin, d'après Van Dyck.

H. 45 c. L. 37 c.

GÉRICAULT

22 — Étude d'après Raphael.

Femme portant un vase sur la tête et un autre à la main descendant les marches d'un escalier.

H. 33 c. L. 23 c.

ISABEY

23 — Réunion de seigneurs et de dames de l'époque de Louis XIII dans la cour d'un vieux château.

H. 20 c. L. 28 c.

JACQUE

24 — Écurie de ferme avec chevaux et poules.

H. 48 c. L. 75 c.

JACQUE

25 — Coq et poules dans un poulailler.

H. 17 c. L. 26 c.

MARILHAT

26 — Montagne boisée où sont venues paître des chèvres.

H. 23 c. L. 17 c.

MEISSONIER

27 — Garde flamande réunie dans la cour d'un château.

H. 15 c. L. 10 c.

MILLET

28 — Paysanne filant au rouet.

H. 33 c. L. 27 c.

PETTENKOFEN

29 — Enrôlés volontaires hongrois allant rejoindre l'armée.

H. 26 c. L. 33 c.

PETTENKOFEN

30 — Pauvre femme hongroise traversant la campagne avec ses enfants.

H. 22 c. L. 16 c.

PRUD'HON

31 — Andromaque pleurant sur le sort de son fils.

H. 21 c. L. 27 c.

PRUD'HON

32 — La Sagesse et la Vérité descendant sur la terre.

Forme ronde, 38 c.

PRUD'HON

33 — Dessin de la composition précédente.

Forme ronde, 38 c.

ROBERT FLEURY

34 — Philosophe méditant.

H. 24 c. L. 18 c.

Th. ROUSSEAU

2,455.

35 — Paysage avec mare au milieu de laquelle sont venus boire des animaux.

H. 22 c. L. 34 c.

Th. ROUSSEAU

1,325.

36 — Mare dans une forêt; effet du soir.

H. 24 c. L. 33 c.

ROQUEPLAN

650.

37 — Enfant effrayé par un lézard et se réfugiant près de sa mère; costume des Pyrénées.

H. 28 c. L. 21 c.

SAINT-JEAN

1,270.

38 — Branches de roses au bord de l'eau.

H. 27 c. L. 35 c.

TROYON

4,750.

39 — Deux vaches rousses et blanches suivant une route sous un grand bois.

H. 53 c. L. 71 c.

VAN MOER

40 — **Intérieur d'une église de Hollande.**

Les figures ont été peintes par E. Isabey.

H. 35 c. L. 27 c.

TABLEAUX ANCIENS

BORDONE (PARIS)

41 — Portrait d'un noble vénitien.

Vêtu d'une robe noire garnie de fourrures, il est assis devant une table sur laquelle est posé un livre, et tient une lettre à la main.

(Collections du cardinal *Fesch* et de *Walter Davenport Bromley*.)

Une répétition de ce tableau est au Louvre, mais moins grand que celui-ci.

H. 144 c. L. 122 c.

BRONZINO

42 — Portrait d'homme.

Il est vu à mi-corps, couvert d'une armure et la main appuyée sur son casque qu'il tient près de lui.

H. 100 c. L. 70 c.

GREUZE

43 — Tête de jeune garçon.

Les cheveux blonds et frisés, une collerette au cou, vêtu de noir et gilet rouge.

H. 40 c. L. 32 c.

GOOCHEN BEUDAER

44 — Fruits et légumes entassés par terre. Une femme vient d'y ajouter un panier de cerises.

H. 110 c. L. 164 c.

HALS (FRANÇOIS)

45 — Portrait de femme.

Vue à mi-corps, costume hollandais, elle est vêtue de noir, une de ses mains est appuyée sur une chaise, de l'autre elle tient un gant.

H. 110 c. L. 85 c.

HALS (FRANÇOIS)

46 — Portrait d'homme.

Vu à mi-corps, costume hollandais, il est vêtu de noir, collerette et manchettes blanches, un poing appuyé sur la hanche, l'autre est ganté de blanc.

H. 100 c. L. 85 c.

PIERRE DE HOOGH

47 — Partie de cartes.

Deux officiers aux gardes flamandes jouant aux cartes sur une table près d'une fenêtre à demi ouverte ; une femme est debout près d'eux.

H. 50 c. L. 45 c.

LANCRET

48 — Scène amoureuse.

Un galant est aux genoux d'une jeune femme assise sur un banc de bois dans un parc; près d'eux est une vasque supportée par des Amours.

H. 29 c. L. 21 c.

POUSSIN (Nicolas)

49 — Vénus apparaissant à Enée.

Portée par trois Amours, elle lui montre les armes divines suspendues à un arbre. Le Tibre couché relève la tête pour la contempler; une nymphe essuie ses cheveux, un autre regarde Énée.

(Collections du prince de *Carignan*, de *M. Robit* et de *Simon Clacke*.) Vente de lord *Northwick*.

H. 110 c. L. 145 c.

JEAN STEEN

50 — Scène galante

Dans un intérieur flamand, un jeune homme assis sur un banc, un broc à la main, retient par son tablier une femme qui s'efforce de lui échapper, lui montrant un vieillard assis dehors sur le seuil de la porte.

H. 67 c. L. 58 c.

WOUWERMANS (Philippe)

51 — Saint Martin.

Il est à cheval et coupe son manteau pour en vêtir des pauvres groupés autour de lui.

H. 42 c. L. 37 c.

HUGO VAN-DER-GOES

52 — **Vierge et Enfant-Jésus.**

H. 90 c. L. 54 c.

BAUDOUIN

53 — Femme dans un parc, tenant un bouquet de roses à la main.

Gouache.

DÉSIGNATION

DES

OBJETS D'ART

ET DE CURIOSITÉ

1 — Très-belle aiguière en émail de Limoges colorié sur paillons, avec détails dorés, par Jean Courtois.

Partie supérieure avoisinant le col. — Bacchus, monté sur un bouc, tient à la main un rameau d'or. Le jeune dieu est précédé de cinq autres enfants, l'un tenant aussi un rameau, le second portant un étendard, le troisième sonnant de la trompette, et les deux autres battant du tambour. La marche est fermée par six personnages également jeunes, livrés à la joie, et représentés dans des attitudes variées.

Panse du vase. — A la vue de l'armée égyptienne engloutie sous les flots de la mer Rouge, Moïse détache une branche de palmier et prend ainsi possession de la terre promise. Un groupe de femmes pinçant de la harpe célèbre le miracle qui les délivre des craintes de l'esclavage.

Le piédouche est orné de figures arabesques, et le dessous est semé de fleurs de lis d'or. XVIe siècle.

Haut. 27 cent.

Cette pièce provient de la collection Pourtalès.

2 — Jolie salière en forme de piédouche en émail de Limoges.

Peinture en grisaille rehaussée d'or, sur fond noir, attribuée à Pierre Raymond, représentant un sujet tiré de la Genèse. Belle qualité.

3 — Coupe de forme longue, en cristal de roche taillé à canaux creux et à anse formée par un animal chimérique dont le corps et les ailes sont gravés en relief sur la panse de la coupe. Monture en argent à fleurs à émaux translucides. XVIe siècle.

Haut. 165 mill. Larg. 20 cent.

3 *bis* — Plaque de forme carré-long, en fer damasquiné en or et en argent, représentant un paysage avec monuments et figures. XVIe siècle.

4 — Groupe de deux canards en jade blanc, avec branchages découpés à jour. Travail chinois.

5 — Petite coupe ronde et creuse en jaspe vert, avec base et gorge en argent doré.

6 — Deux jolies boîtes à thé en laque usé du Japon, à côtes montées à gorges en or gravé. Elles sont placées dans une boîte de forme carré-long en laque rouge. Epoque Louis XIV.

7 — Deux Divinités en bronze doré rehaussées de couleurs. Travail chinois.

8 — Deux flambeaux de style byzantin en bronze doré; garnis de boules en cristal de roche.

9 — Jolie boîte en ancien laque du Japon, en forme de feuille d'écran. Le dessus est décoré d'un paysage en or et le pourtour est orné de rosaces sur fond aventuriné.

10 — Petite boîte ronde en laque d'or du Japon, avec figure de femme en relief sur le couvercle.

11 — Joli vitrail de forme carré-long en hauteur, peint en grisaille rehaussé de jaune, et représentant un sujet de personnages très curieux.

12 — Petite cassette en verre de Venise, à rosaces en relief. Epoque Louis XIII.

13 — Petite cassette à angles coupés en bois noir, avec ornements en argent repoussé et plaques en verre gravé en intaille. Même époque.

14 — Vase à goulot et à anse en ancienne faïence italienne, à décor de fleurs et de figures d'anges soutenant un écusson armorié. XVIe siècle.

PORCELAINES DE SÈVRES & AUTRES

15 — Magnifique service de table, en ancienne porcelaine de Sèvres, pâte tendre, fond bleu, à œils de perdrix en or et rosaces pointillées rouge et riches médaillons de fleurs décorées en couleurs. Epoque Louis XV.

Il se compose de deux cent soixante-seize pièces, dont le détail suit :

Cent quarante assiettes plates ;

Trente-quatre assiettes creuses ;

Deux soupières rondes, avec plateaux ;

Deux id. ovales, id. ;

Quatre seaux ou jardinières, 1re grandeur;

Quatre id. id. 2e id.;

Quatre id. id. 3e id.;

Un id. id. sans anses,

Deux jardinières de forme longue, avec séparations;

Quatre verrières;

Quatre bols ou mortiers à pans;

Deux glacières à couvercles et double fond;

Deux grands plateaux;

Un grand et superbe bol;

Quatre compotiers modèle coquille;

Huit id. ovales;

Quatre id. ronds;

Quatre id. carrés;

Quatre id. à pans;

Huit plateaux ronds supportant quarante-huit pots à glace;

Quatre plateaux ronds supportant vingt-quatre pots à crème;

Quatre moutardiers avec plateaux;

Quatre salières à anses à trois usages;

Quatre id. à deux usages;

Six id. à un usage;

Quatre saucières;

Quatre raviers;

Quatre beurriers;

Quatre sucriers.

Nous appelons l'attention des amateurs sur ce service, qui présente un superbe ensemble fort rare à rencontrer aujourd'hui.

16 — Petite tasse de forme droite, en ancienne porcelaine de Sèvres, fond vert pomme et médaillons d'oiseaux.

17 — Deux vases en porcelaine tendre, de forme ovoïde, fond gros bleu et décors d'or, enrichis de médaillons à sujets militaires, et à anses formées par des serpents enroulés réservés en blanc et or.

Haut. 37 cent.

18 — Écuelle et son plateau en ancienne porcelaine de Saxe, gaufrée à ornements et décorée de fleurs en camaïeu vert.

19-23 — Vingt-huit compotiers de diverses formes, en ancienne porcelaine de Tournay, décorés de fleurs et d'ornements en bleu et or en relief. Ce lot sera divisé.

24 — Deux jolis vases, modèle balustre à couvercle, en porcelaine de Saxe, décorés de médaillons dans le style de Watteau, avec entourage de fleurs en relief, émaillées en couleurs et fond semé de fleurettes bleues en relief.

Haut. 26 cent.

25 — Douze assiettes en ancienne porcelaine de Sèvres, pâte tendre, à ornements gaufrés et décor de fleurs.

26 — Quatorze assiettes en ancienne porcelaine de Tournay, représentant à leur centre un médaillon de fleurs.

27-29 — Cinquante-huit assiettes en ancienne porcelaine de Tournay, à décor en camaïeu bleu et or, en trois dessins. Ce lot sera divisé.

PORCELAINES DE CHINE & DU JAPON

30 — Deux grands et très-beaux vases en ancienne porcelaine de Chine, forme balustre à couvercle. Ils sont décorés de vases de fleurs et de lambrequins émaillés en couleurs sur fond blanc et portent sur la gorge des armoiries. Ces vases proviennent de la collection de feu M. le duc de Morny.

Haut. 1 mètre 30 cent.

31 — Magnifique garniture de cinq pièces : Potiches et cornets en ancienne porcelaine de Chine, décorés de fleurs et d'ornements émaillés en couleurs. Formes très-élégantes, décors riches.

Haut. des vases à couvercles, 72 cent.

32 — Deux très-belles potiches à couvercle en ancienne porcelaine du Japon, décorées de personnages et de fleurs émaillés en couleurs et rehaussés d'or.

Haut. 70 cent.

33 — Deux jolis gourdes en ancienne porcelaine du Japon, décorées de fleurs et ornements en bleu, rouge, vert et or.

Haut. 38 cent.

34 — Salière en ancien céladon bleu turquoise, montée en argent doré. Epoque Louis XVI.

35 — Deux cornets en ancienne porcelaine du Japon, à décor de fleurs en bleu sur blanc.

36 — Deux bols de même porcelaine décorés de médaillons de fleurs en camaïeu bleu, avec entredeux composé de grecques gravées en creux et réservées en biscuit.

37 — Garniture de cinq vases à couvercles, modèle carré en ancienne porcelaine du Japon, décorés de fleurs et d'ornements en bleu, rouge et or.

Haut. moyenne, 35 cent.

38 — Très-belle assiette en ancienne porcelaine mince de la Chine (coquille d'œuf), modèle dit aux sept bordures avec sujet familier au centre, très-finement émaillé en couleurs. Le revers est émaillé rouge.

39 — Trois compotiers en ancienne porcelaine mince de la Chine, à décor de personnages émaillés en couleurs.

40 — Cinquante-sept assiettes en ancienne porcelaine du Japon, à figures de femme et bordures à ornements décorés en rouge et rehaussés de bleu et d'or.

Ce lot sera divisé.

41 — Dix-sept assiettes à soupe, de mêmes porcelaine et décor.

42 — Cinq plats ronds, de même qualité.

43 — Douze assiettes en ancienne porcelaine de Chine, à décor de poissons et de fleurs émaillés en couleurs.

44 — Un bol en ancienne porcelaine du Japon, à décor de poissons et de fleurs.

45 — Trois saucières et leurs plateaux en porcelaine de l'Inde, à décor en camaïeu bleu.

ÉMAUX DE LA CHINE

46 — Deux vases modèle balustre, en émail cloisonné à fleurs et ornements en couleurs sur fond bleu turquoise.

Haut. 65 cent.

47 — Deux boîtes de forme octogone en émail de Chine, à médaillons de fleurs et d'oiseaux en couleurs, sur fond décoré de rosaces.

Diam. 28 cent. Haut. 12 cent.

FAÏENCES DE PERSE

48—143 — Quatrevingt-seize plats en ancienne faïence de Perse, à décor de fleurs et d'ornements émaillés en couleurs. Quelques pièces sont rehaussées d'or.

Ce lot sera divisé.

144—152 — Dix-huit brocs de diverses formes et dimensions, de même faïence et de qualité analogue.

Ce lot sera divisé.

MINIATURES

153 — Miniature de forme carré long sur ivoire, dans la manière de Charlier. — Groupe de trois femmes nues dans un paysage. Cadre en bronze doré.

154 — Autre miniature dans la manière de Charlier, Vénus et Amour endormis surpris par un satyre.

155 — Autre miniature aussi dans la manière de Charlier, Femme nue couchée dans un paysage.

156 — Miniature représentant Vénus et l'Amour, dans la manière de Charlier.

157 — Jolie miniature ronde par Klinstett. La Tentation d'un saint personnage.

158 — Miniature ovale sur ivoire. Portrait de jeune garçon dans la manière de Fragonard.

159 — Miniature ronde dans la manière anglaise. Groupe de trois baigneuses.

160 — Miniature ovale sur ivoire : Jeune Femme nue à sa toilette.

161 — Miniature ovale peinte à l'huile sur cuivre : Vénus et l'Amour.

162 — Jolie miniature ovale sur vélin : Portrait d'homme du temps de Louis XIV, dans un étui en peau de chagrin à chiffre découpé à jour et cloutage d'or.

163-164 — Quatre miniatures ovales sur vélin : Portraits d'hommes et de femmes en costumes du temps de Louis XIV.

Elles seront vendues par deux.

165 — Miniature ronde sur ivoire : Portrait de femme dans la manière de Hall. Dans un cadre en or gravé à chaînette.

ORFÉVRERIE

166 — Très-belle soupière de forme ovale, à couvercle, avec plateau et deux double-fonds, en argent, du temps de Louis XVI.

Cette pièce est enrichie d'ornements et de guirlandes de lauriers finement ciselés et porte un blason gravé.

167 — Deux seaux à rafraîchir en argent, ornés de rangs de perles et à anses à enroulements et feuillages.

Ils portent des armoiries.

168 — Légumier en argent, à deux anses et anneaux ciselés.

169 — Grand plat long à contours et filets, en argent.

170 — Plat de même forme, mais plus petit.

171 — Plat ovale à filets, en argent.

172 — Deux plats ronds à contours et filets, en argent.

173 — Plat rond de même forme, mais plus petit.

174 — Deux petites cloches rondes en argent.

175 — Joli sucrier ovale, du temps de Louis XVI, en argent, à ornements ciselés et découpés à jour. Intérieur en verre bleu.

176 — Moutardier de même style, en argent, à guirlandes de fleurs et ornements découpés à jour.

177 — Quatre salières ovales en argent, pareilles au sucrier qui précède.

178 — Deux bouts-de table en argent, à guirlandes de fleurs et ornements finement ciselés. Style Louis XVI.

179 — Deux sucriers à saupoudrer, en forme de vases, en argent, à ornements gravés, dans le style de Boule.

180 — Deux sucriers en argent, analogues à ceux qui précèdent.

181 — Autre sucrier en argent, de forme ronde, à ornements gravés et rapportés.

182 — Très-petit sucrier analogue à celui qui précède.

183 — Porte-huilier du temps de Louis XVI, en argent, à guirlandes de laurier et ornements ciselés.

184 — Belle théière et son réchaud à trépied, en argent repoussé et ciselé, à fleurs et ornements.

185 — Théière en argent, de forme basse.

186 — Ecuelle à couvercle, en argent gravé à ornements et enrichie de bustes en relief. Epoque Louis XIV.

187 — Ecuelle et son plateau en argent doré, avec anses et bords ornés de godrons. Travail allemand du temps de Louis XVI.

188 — Belle montre de voiture en argent repoussé, à sujet de chasse et ornements du temps de Louis XV. Mouvement à répétition et à réveil. Double boîte en galuchat, avec moulures en argent.

189 — Deux flambeaux du temps de Louis XV, en argent repoussé, à côtes.

190 — Ecureuil assis en argent repoussé. Travail allemand.

191 — Deux figurines de jeunes paysans debout, en argent repoussé, sur terrasses de forme ronde. — Même travail.

192—194 — Cinq oiseaux sur terrasses en forme de jardinières; le tout en filigrane d'argent, avec parties dorées et émaillées.

Ils seront vendus séparément.

195 — Théière en argent repoussé, de forme orientale, à coquilles et ornements.

196 — Boîte à thé en forme de vase, en argent repoussé, à canaux creux et feuillages.

197 — Deux sucriers en forme de boîte à couvercle, en argent repoussé, à fleurs et ornements de style Louis XV.

198 — Sucrier de même forme et de décor analogue.

199 — Sucrier en forme de boîte, à contours, en argent, et sa cuiller, à ornements ciselés.

200 — Saucière à deux anses, en argent. L'intérieur est doré.

201 — Petite corbeille à deux anses, en argent, à ornements découpés à jour et à bustes en relief.

L'intérieur est divisé en quatre compartiments.

202 — Petite corbeille de même forme, en argent, avec intérieur en cristal pour le sucre en poudre.

203 — Petite corbeille à deux anses et à quatre pieds en argent, à ornements gravés.

204 — Quatre dessous de carafes en argent, à galeries découpées à jour.

205 — Trois pièces en argent : une louche, une truelle à poisson et une cuiller à sucre.

206 — Boîte en maroquinerie, contenant : dix grandes cuillers, douze couverts à dessert, le tout en vermeil ; plus, cinquante-deux couteaux de diverses dimensions et six fourchettes à manches en vermeil. Douze des couteaux sont à lames en vermeil.

Ce lot sera divisé.

(Vente de lord Pembroke.)

207 — Autre boîte en maroquinerie. Elle renferme :

Douze couverts en argent, à fleurs et ornements en relief.

Douze cuillers à café en argent, du même modèle.

Six id. id. en vermeil, id.

Douze couverts à dessert en vermeil, id.

Une fourchette à découper à manche en argent.

Douze couteaux de table à manches en argent.

Douze couteaux à dessert, à manches en nacre et lames en vermeil.

208—212 — Douze flacons et aiguières en verre gravé et en verre rubis, dont six pièces sont garnies en argent.

Ils seront vendus par deux.

SCULPTURES

213 — Deux beaux bustes de satyres en marbre rouge antique, avec chlamydes en albâtre oriental.

Haut. 54 cent.

214 — Superbe groupe en terre cuite, par Clodion; il représente la marche triomphale d'un bacchant et d'une bacchante entourés par trois figurines d'enfants.

Haut. 56 cent.

215 — Ivoire. — Belle sculpture en haut-relief sur ivoire, représentant la Crèche ; composition de douze figures finement exécutées. Travail du XVIIe siècle.

Larg. 43 cent., haut. 24 cent.

216 — Ivoire. — Haut-relief de forme carré-long, à bouts arrondis : Femme nue, couchée et endormie. Près d'elle, trois figurines d'enfants jouant de divers instruments.

217 — Bois. — Petit miroir carré, à biseaux, dans un cadre en bois finement sculpté, à têtes de chérubins et à rinceaux. Epoque Louis XIV.

218 — Marbre blanc. — Haut-relief de forme carré-long en hauteur : saint Jean enfant debout dans un paysage; dans un cadre en bois sculpté et doré du temps de Louis XIV.

219 — Marbre blanc. — Bas-relief de forme ovale représentant Ariane assise dans un char traîné par deux panthères.

BRONZES D'ART

220 — Magnifique buste, grandeur nature, d'un pape, dont les vêtements sont enrichis des figures des apôtres saint Pierre et saint Paul et d'ornements finement ciselés en relief. Bronze du XVIe siècle muni d'une belle patine.

221 — Deux figurines : tritons sonnant de la conque. Bronzes florentins du XVIe siècle, sur socles carrés en granit rose d'Égypte, avec moulures en bronze doré.

Haut. 19 cent.

222 — Petit groupe de deux enfants en bronze. Fonte très-légère du temps de Louis XIV.

Haut. 15 cent.

223 — Satuette : Vénus de Médicis. Bronze italien de la fin du XVIe siècle, sur socle en serpentine.

Haut. 22 cent.

224 — Lionne et taureau au ga'op. Bronzes de la fin du XVIe siècle. Les socles en bois noir à moulures.

225 — Deux petits chevaux au galop. Bronzes italiens du XVIe siècle, munis d'une bonne patine.

226 — Deux figurines : satyre et femme satyre assis et se faisant pendant. Bronzes italiens du XVIe siècle.

227 — Petite lampe en forme d'animal fantastique monté par un enfant triton sonnant de la trompe. Sur plynthe en marbre rouge antique.

228 — Figure de Chinois assis, le bras appuyé sur une urne. Travail chinois ; sur socle en bois sculpté.

229 — Plateau rond à bords festonnés, en bronze incrusté de filets d'argent. Travail japonais. Socle en bois sculpté.

230 — Petite jardinière et son socle support, en bronze incrusté de filets d'argent. Travail japonais.

231 — Groupe en bronze d'après Barye : sanglier terrassé par un lion.

232 — Beau mascaron en bronze provenant d'une fontaine. Tête joufflue entourée d'ornements et formant applique. Patine verte. Époque Louis XIV.

BRONZES D'AMEUBLEMENT

233 — Très-grande et belle pendule du temps de Louis XVI en bronze doré, ornée d'une figure de femme représentant l'Étude et de cariatides au bronze vert. Elle repose sur un socle à ressauts, enrichi de rosaces, d'ornements et de mufles de lion ciselés et renferme une musique à carillon. Mouvement de Bertrand, à Paris, marquant les quantièmes et les jours de la semaine.

Haut. 75 cent.

234 — Autre grande et belle pendule en bronze doré, en forme de vase à deux anses, reposant sur un socle très-riche orné de guirlandes de laurier. Deux amours assis sont placés sur le socle et près du piédouche du vase. Mouvement de Filon, à Paris.

Haut. 70 cent.

235 — Jolie pendule du temps de Louis XVI, en bronze doré au mat. Elle est ornée d'une figure d'amour reposant sur un double socle enrichi d'ornements finement ciselés. Mouvement de Buzot, à Paris. La lunette est garnie de strass.

Haut. 42 cent.

236 — Autre jolie pendule en bronze doré et marbre blanc du temps de Louis XVI. Elle est ornée d'une figure de femme assise, montrant à un amour un cercle d'émail portant les quantièmes et placé dans un vase. Le mouvement marque les jours de la semaine.

Haut. 45 cent.

237 — Pendule à cage en bronze doré, enrichie d'une guirlande de fruits finement ciselés placée sous le cadran.

Haut. 42 cent.

238 — Grand et beau cartel du temps de Louis XV, de forme très-élégante, en bronze doré, enrichi de guirlandes et de festons de laurier. Mouvement de Nicolas Fieffé, à Paris.

239 — Deux jolies girandoles en bronze doré, à trois branches et quatre lumières, enrichies d'ornements finement ciselés. Époque Louis XVI.

240 — Deux beaux chenets du temps de Louis XIV, en forme de vases, en bronze ciselé et doré, à anses ornées de mascarons et à panses présentant des bustes d'empereurs romains dans des médaillons.

Haut. 31 cent.

241 — Deux bras de cheminée à trois lumières du temps de Louis XV, en bronze doré, modèle rocaille à rinceaux et fleurs finement ciselées.

242 — Deux petits chenets du temps de Louis XVI en bronze doré, à vase reposant sur des pieds formés de rinceaux et à base carrée, enrichie d'une frise ornée d'une couronne de fleurs et de branches de laurier.

243 — Deux chenets du temps de Louis XVI, à galeries découpées à jour, surmontées de pommes en forme de gland de chêne.

244 — Deux girandoles, modèle rocaille, à trois lumières en bronze doré. Époque Louis XV.

245 — Petit lustre en verre de Bohême, à six lumières, avec entre-deux ornés de Pyramides. Époque Louis XIII.

246 — Lustre à six-lumières en bronze doré. Modèle de Boule.

247 — Deux jolis candélabres en forme de vases, en porcelaine dure, décorés de guirlandes de fleurs et montés en bronze finement ciselé et doré. Ils sont à trois branches de lis porte-lumière. Époque Louis XVI.

248 — Garniture de trois vases, de forme ovoïde, en verre bleu, montés sur piédouches et à anses en bronze doré. Époque Louis XVI.

Haut. 33 et 26 cent.

249 — Deux girandoles du temps de Louis XVI, à quatre lumières, en bronze doré. Les colonnes cannelées sont ornées de guirlandes de lauriers et de médaillons.

250 — Grande pendule du temps de Louis XVI, en bronze doré au mat et marbre blanc. Elle est ornée d'une figure de femme nue tenant des festons de fleurs et de pyramides en marbre blanc, enrichies de trophées d'armes en bronze doré.

251 — Grande pendule du temps de Louis XVI, en bronze doré à l'or moulu, sur socle en bois noir garni de bronzes. Elle est formée d'une figure de gros enfant assis, d'après Pigale; mouvement de Repond, à Paris.

Haut. 55 cent.

252 — Deux belles girandoles du temps de Louis XVI, à trois lumières, en bronze finement ciselé et doré.

253 — Petite pendule de voyage du temps de Louis XVI, en bronze doré. Mouvement à sonnerie et à tirage.

254 — Petite lampe en forme de vase en cuivre découpé à jour, garnie de ses trois chaînes de suspension et d'une lampe modérateur.

MEUBLES

255 — Très-beau meuble de salon en bois sculpté et doré à perles, ornements et colonnes détachées, du temps de Louis XVI; garni en soie bleu clair brodée à fleurs et ornements en couleurs. Il se compose de 1 canapé, 6 fauteuils et 4 chaises.

256 — Jolie petite table à ouvrage du temps de Louis XV, en marqueterie de bois de rose, à fleurs et ornements en bois satiné. Elle est garnie de bronzes finement ciselés.

257 — Meuble à hauteur d'appui en bois d'acajou garni de bronzes dorés. Il est à deux portes vitrées et ses côtés contournés sont garnis de trois tablettes formant étagère. Dessus en marbre blanc. Époque Louis XVI.

Larg. 1 mèt. 35. cent.

258 — Deux meubles à hauteur d'appui, à deux portes pleines et à côtés cintrés fermant à ventaux, en bois d'acajou, à dessus de marbre, et ornés de moulures en cuivre poli.

Larg. 1 mèt. 32 cent.

259 — Deux petits cabinets en laque burgauté, sur leurs tables-supports en bois noir à colonnes torses.

Larg. 63 cent.

260 — Petit bureau à X, en marqueterie de bois. Epoque Louis XIII.

261 — Petit cabinet à tiroirs enrichis de moulures guillochées en ébène.

Larg. 57 cent.

262 — Petite jardinière à quatre pieds en marqueterie de bois.

263 — Jolie pendule et son socle-support à consoles, en marqueterie de Boule, richement garnie de bronzes dorés. Les angles sont enrichis de cariatides en bronze et ses pieds se terminent par des enroulements. Epoque Louis XIV.

264 — Baromètre en bois sculpté et doré, à fleurs et ornements, et surmonté d'un groupe de deux colombes placées sous une couronne de laurier.

265 — Beau meuble de salon en bois sculpté, doré et peint en vert, garni en étoffe de soie peinte de la Chine. Epoque Louis XVI. Il se compose de 1 canapé, 10 chaises et 2 tabourets.

266 — Jolie console à côtés cintrés, en bois sculpté et doré sur fond vert et à dessus en marbre vert antique, avec bordure de marbre blanc. Epoque Louis XVI. Cette console peut aller avec le meuble de salon qui précède.

267 — Cinq coupons d'étoffe pour tenture pareille à celle du meuble qui précède.

268 — Autre beau meuble de salon du temps de Louis XVI, en bois sculpté et doré, garni en étoffe de soie à oiseaux et ornements en couleurs sur fond blanc. Il se compose de 6 fauteuils, 1 grand canapé et 1 tabouret ovale.

269 — Console en bois sculpté et doré, à pieds à volutes et guirlandes de fleurs, et à dessus de marbre.

270-271 — Deux très-grandes tables à dessus en mosaïque de Florence, composées de matières diverses, et à décor d'ornements. Pièces rares et de grandes dimensions.

272 — Très-grand meuble à deux corps et à quatre portes, en bois sculpté à bustes d'homme et de femme se terminant en gaîne. Il est enrichi d'appliques en bois noir. xviie siècle.

Larg. 1^{m},54 cent. Haut. 2^{m},05.

273 — Petite console en bois d'acajou, à côtés cintrés, supportée par des colonnes cannelées et enrichie de filets de cuivre incrustés. Tablettes en marbre. Epoque Louis XVI.

Larg. 1 mèt.

274 — Petite console analogue à celle qui précède, mais de forme carrée.

Larg. 65 cent.

275 — Joli petit guéridon à deux tablettes en marqueterie de bois de rose, richement garni de bronzes dorés. Son dessus est formé d'une plaque ronde en ancienne porcelaine de Sèvres, pâte tendre, fond vert pomme, à médaillon d'oiseaux finement peints en couleurs. Epoque Louis XV.

276 — Table carrée à angles arrondis, en bois noir, garnie de bronzes ciselés et dorés et à dessus de marbre vert de mer. Style Louis XVI.

277 — Deux petites tables-supports de forme ronde en bois sculpté et à entre-jambes, avec dessus formés de plaques de porcelaine de Chine, décorées de fleurs émaillées en couleurs sur fond bleu ; travail chinois.

278 — Deux jolis meubles à hauteur d'appui, en bois de rose, richement garnis de bronzes dorés et à deux portes vitrées. Dessus en marbre blanc. Style Louis XVI.

Larg. 97 cent.

279 — Grande glace carrée biseautée dans un cadre doré à ornements de style Louis XIV.

280 — Deux petites glaces biseautées en hauteur, dans des cadres en bois sculpté et doré, composés de fleurs et d'ornements.

281 — Grand secrétaire du temps de Louis XV, en laque du Coromandel, richement garni de bronzes dorés. L'intérieur est en marqueterie de bois à fleurs.

282 — Encoignure à deux corps, en marqueterie de bois à fleurs et ornements. Travail flamand du temps de Louis XV.

283 — Table de bibliothèque à deux volets pliants, en bois de noyer à pieds sculptés et dorés en partie.

284 — Six chaises en bois sculpté peint en blanc, à pieds cannelés et garnies en damas de soie bleu clair. Les dossiers sont cannés.

285 — Traîneau en bois sculpté du temps de Louis XV, décoré de figures d'enfants peints en camaïeu rouge sur fond jaune d'or et parties sculptées et dorées.

286 — Petit miroir biseauté, dans un cadre en bois noir à fronton enrichi d'ornements et de figures en bronze doré et découpé à jour. Époque Louis XIII.

287 — Petite encoignure étagère en bois d'acajou, garnie de bronzes et à dessus de marbre blanc. Époque Louis XVI.

288 — Commode du temps de Louis XIV, à trois tiroirs en marqueterie de bois richement garnie de bronzes dorés.

TAPISSERIES & TAPIS

289 — Deux tapisseries à sujets champêtres dans le style de Boucher.

290 — Tapisserie analogue à celle qui précède, mais en hauteur.

291 — Tapisserie des Gobelins de forme carré long à sujet, d'après Watteau.

292 — Tapisserie présentant un sujet analogue, mais en hauteur.

650.— 293 — Trois panneaux en ancienne tapisserie, à oiseaux et animaux dans des paysages avec bordures d'ornements.

294 — Grand tapis de Smyrne de forme carrée, fond vert et rouge.

295 — Petit tapis turc de forme carré long.

Renou et Maulde, imprimeurs de la Compagnie des Commissaires-Priseurs, rue de Rivoli, 144 49277

Hier, dans la vente après décès de P. Van Cuyck, une aiguière en émail du paillon, par [illegible] Courtois, a atteint 8,[illegible]90 fr. Cette belle pièce, qui provenait de la vente Pourtalès, était [illegible], par une association d'idées mythologiques et chrétiennes familières à la Renaissance, sur la partie supérieure d'une *Bacchanale*, [illegible] la panse du vase du *Passage de la mer Rouge*. — deux grands vases de Chine sur fond [illegible], qui avaient figuré dans la vente Morny, [illegible] fr.; — deux vases en émail cloisonné chinois, sur fond bleu turquoise, 2,350 fr.; — un groupe en terre cuite modelé par Clodion, *Marche triomphale d'un Bacchant et d'une Bacchante* avec leurs petits-enfants, 8,100 fr.

L'[illegible] s'est vendue fort cher, même jusqu'à [illegible] de quatre fois sa valeur brute : une [illegible] ovale du règne de Louis XVI, avec [illegible] et deux double-fonds, ornée de fines [illegible] de laurier, et décorée d'un blason, [illegible]10 francs.

Mais la grande curiosité était un service en ancienne porcelaine de Sèvres, du règne de Louis XV, pâte tendre, fond bleu, à œil de perdrix, avec médaillons de fleurs décorées en couleurs, et, s'il faut tout dire, d'un goût exécrable. Ce service se composait de deux cent soixante-seize pièces intactes, plats, assiettes, jardinières, compotiers, glacières, moutardiers, sucriers, etc., etc. Il a été adjugé 37,000 francs, ce qui est relativement bon marché. Van Cuyck, si nos souvenirs sont exacts, l'avait acquis pour [illegible],000 francs, de la famille du duc d'Aremberg, à Bruxelles.

Les deux vacations de jeudi et de vendredi ont produit ensemble environ 105,000 francs. Si les prix des meubles offrent de l'intérêt, nous en donnerons demain les plus importants. — Ph. B.

Hier a commencé la vente de la collection de Paul Van Cuyck, emporté cet été, en quelques heures, par une attaque de choléra. Van Cuyck était né à Bruxelles. Il était jeune encore, et son activité autant que son goût et sa hardiesse en affaires lui avaient rapidement conquis une belle fortune. Il était particulièrement l'intermédiaire entre les grands cabinets de l'Angleterre, de la Hollande et de la France, achetant ici ce qui était de mode là, et réciproquement.

La collection qu'il laisse est de grand prix. Les tableaux anciens et modernes seuls ont produit 102,115 fr. Voici quelques prix importants : Eugène Delacroix, *Tigre attaquant un serpent enroulé à un arbre*, 2,705 fr., et *Tigre apercevant un serpent sortant d'un buisson*, 2,750 fr. — Jules Dupré, *un Cours d'eau sous de grands arbres*, 3,150 fr. — Fromentin, *Audience chez un kalifat du Sahara*, 3,230 fr. — Géricault, *Amazone sur un cheval pie*, 3,300 fr. — Meissonier, *Garde flamande dans la cour d'un château*, 10,250 fr. — Pettenkofen, habile peintre de Vienne, *Enrôlés volontaires hongrois*, 10,000 fr.; — Prudhon, *Andromaque pleurant son fils*, 2,000 fr. — Troyon, *deux Vaches sous bois*, 4,750 fr. — Théodore Rousseau, *une Mare dans la campagne*, 2,455 fr.

Les maîtres anciens semblent cette saison être en défaveur. Un beau *portrait d'homme*, de Franz Hals, a eu peine à atteindre 2,535 fr. *Vénus apparaissant à Anchise*, par Nicolas Poussin, a été acquis 7,000 fr. par le musée de Rouen. Une *Scène galante*, de Lancret, l'élève de Watteau, 2,200 fr. — PH. B.

Miniatures.

153 — Miniature sur ivoire, dans la manière de Charlier. Groupe de trois femmes nues dans un paysage. — 285 fr.

154 — Autre miniature. Vénus et Amour endormis surpris par un satyre. — 310 fr.

155 — Autre miniature. Femme nue couchée dans un paysage. — 310 fr.

156 — Miniature représentant Vénus et l'Amour. — 250 fr.

157 — Miniature par Klinstett. La Tentation d'un saint personnage. — 112 fr.

159 — Miniature. Groupe de trois baigneuses. — 220 fr.

160 — Miniature sur ivoire. Jeune femme nue à sa toilette. — 180 fr.

162 — Miniature sur vélin. Portrait d'homme du temps de Louis XIV. — 200 fr.

Orfèvrerie.

166 — Soupière avec plateau et deux double-fonds, en argent, du temps de Louis XVI. — 2,710 fr.

167 — Deux seaux à rafraîchir en argent. — 975 fr.

175 — Sucrier du temps de Louis XVI, en argent. — 235 fr.

177 — Quatre salières du même style et du même temps. — 245 fr.

178 — Deux bouts-de-table en argent. Style Louis XVI. — 255 fr.

183 — Porte-huilier du temps de Louis XVI, en argent. — 196 fr.

184 — Théière et son réchaud, en argent repoussé et ciselé. — 1,230 fr.

186 — Ecuelle et son plateau en argent doré. Travail allemand du temps de Louis XVI. — 247 fr.

188 — Belle montre de voiture, en argent repoussé à sujet de chasse et ornements du temps de Louis XV. — 365 fr.

191 — Deux figurines de paysans debout, en argent repoussé. — 320 fr.

Cours	Valeurs		Var.
591 25	SOCIÉTÉ GÉNÉRALE..........	comptant.	5 ..
591 25	J. oct. — 125 f. payés...	fin cour...	. ..
568 75	SOCIÉTÉ DES DÉPOTS........	comptant.	. ..
565 ..	J. nov. — 125 f. payés...	fin cour...	. ..
692 50	CRÉDIT COMMERCIAL INDUST.	comptant.	. ..
692 50	J. nov. — 125 f. payés...	fin cour...	. ..
490 ..	SOUS-COMPTOIR DU COMM..	comptant.	. ..
... ..	J. oct. — 125 f. payés...	fin cour...	. ..
940 ..	COMPTOIR D'ESCOMPTE......	comptant.	2 50
943 75	J. février...............	fin cour...	. ..
420 ..	CRÉDIT MOBILIER ESPAGNOL.	comptant.	. ..
412 50	J. janv. — 500 f. — Lib.	fin cour...	. ..
... ..	BANQUE DES PAYS-BAS......	comptant.	. ..
505 ..	J. nov. — 500 f. — Lib.	fin cour...	10 ..
855 ..	ORLEANS..................	comptant.	. ..
853 ..	J. octob.— 500 f. — Lib.	fin cour...	. ..
1112 50	NORD.....................	comptant.	. ..
1115 ..	J. janv. — 400 f. — Lib.	fin cour...	. ..
531 25	EST......................	comptant.	1 25
531 25	J. nov. — 500 f. — Lib	fin cour...	2 50
857 50	LYON-MÉDITERRANÉE.......	comptant.	. ..
860 ..	J. nov. — 500 f. — Lib.	fin cour...	. ..
542 50	MIDI.....................	comptant.	. ..
546 25	J. janv. — 500 f. — Lib.	fin cour...	. ..
535 ..	OUEST....................	comptant.	3 75
... ..	J. octob. — 500 f. — Lib.	fin cour...	. ..
406 25	AUTRICHIENS..............	comptant.	. ..
407 50	J. janv. — 500 f. — Lib.	fin cour...	. ..
408 75	LOMBARDS.................	comptant.	. ..
407 50	J. nov. — 500 f. — Lib.	fin cour...	. ..
155 ..	VICTOR-EMMANUEL.........	comptant.	3 ..
162 50	J. janv. — 500 f. — Lib.	fin cour...	. ..
121 25	ROMAINS..................	comptant.	. ..
120 ..	J. octob. — 500 f. — Lib.	fin cour...	. ..
217 50	SARAGOSSE................	comptant.	. ..
216 25	J. juill. — 500 f. — Lib.	fin cour...	. ..
47 ..	SÉVILLE-XÉRÈS-CADIX.....	comptant.	3 ..
47 50	J. janv. — 500 f. — Lib.	fin cour...	. ..
168 75	NORD-ESPAGNE.............	comptant.	1 25
171 25	J. juill. — 500 f. — Lib.	fin cour...	. ..
521 25	COMPAGNIE TRANSATLANTIQ.	comptant.	. ..
525 ..	J. janv. — 500 f. — Lib.	fin cour...	. ..
417 50	CANAL DE SUEZ............	comptant.	2 50
425 ..	J. janv. — 500 f. — Lib.	fin cour...	. ..

(Par le *North-American.*)

Or. 139 3/4. Change sur Londres. 151 3/4. Change sur Paris. 3.72 1/2. Bonds, 102 7/8. Coton, 49.

Autriche.

Vienne, 9 février.

La *Gazette de Vienne* (édition du soir) s'occupe du projet d'adresse de la Diète de Hongrie. Elle croit que les demandes d'un ministère responsable et du rétablissement des municipes sont de nature à dépasser la nature de ce qu'il est possible d'atteindre. La *Gazette* signale avec satisfaction le ton plein d'égards, modéré et dépourvu de passion de l'adresse et elle exprime l'espoir d'un bon résultat des délibérations de la Diète.

Espagne.

Madrid, 9 février.

La *Correspondencia* dit que le gouvernement a résolu de délivrer des patentes de corsaires contre le Chili aux navires espagnols qui en feront la demande, mais qu'il attendra pour cela d'avoir la preuve que le Chili a recouru à ce moyen pour faire la guerre à l'Espagne.

Madrid, 9 février soir.

La *Epoca* dit que le budget sera présenté demain au Congrès; on y aurait opéré une économie de cent millions de réaux.

3 0/0. dette intérieure. 37.25.—3 0/0 dette différée. 34.70.

Change sur Londres. 48.50. Change sur Paris. 5.

Grèce.

Athènes, 8 février.

Le nouveau ministère est ainsi composé :

MM. Roufos, président du conseil; Provelegios, in-

catalogue.

LE MARDI 20 FÉVRIER 1866 ET LES 2 JOURS SUIVANTS.

VENTE THÉODORE JUNG

Rue Drouot, 5, les 20, 21 et 22 février 1866, à 2 heures précises, de 500 aquarelles. Expositions : particulière le 18, publique le 19 février. — Le catalogue se distribue chez MM. **LECOCQ**, commissaire-priseur, rue de Buffault, 11, et **BOST**, expert, rue Jacob, 5.

LES 22, 23, 24, 26, 28 FÉVRIER 1866 ET JOURS SUIVANTS.

VENTE COURT

Après décès de M. Court, peintre, ancien conservateur du Musée de Rouen.

1re partie.— *Tableaux et Etudes terminées.*

VENTE à l'hôtel Drouot, salle n. 7.

Les vendredi 23 *et samedi* 24 *février*, à 2 h.

EXPOSITION le jeudi 22 février, de 1 h. à 5.

2e partie. — *Portraits.*

Portraits étude, exécutés pour divers tableaux.

VENTE *le lundi* 26 *février*, à 2 heures.

EXPOSITION le dimanche 25 février, de 1 h. à 5 heures.

3e partie : *à l'atelier de M. Court*, rue de la Madeleine, 17.

Tableaux et études inachevés.

Portraits, pastels, ébauches, études, figures, dessins, croquis, estampes anciennes, gravures et lithographies, livres sur les arts, recueils et livres a figures, ustensiles d'atelier.

VENTE *les mercredi* 28 *février* et jours suivants, à 2 heures.

EXPOSITION le mardi 27 février, de 1 h. à 5.

OBJETS D'ART ET DE CURIOSITÉ

Boiseries sculptées et dorées, pour salon du

www.ingramcontent.com/pod-product-compliance
Ingram Content Group UK Ltd.
Pitfield, Milton Keynes, MK11 3LW, UK
UKHW021035180726
13838UKWH00004B/1809